김현경

두 여름과 한 사람에 대한 짧은 이야기들을 담았습니다.

올여름만 함께하면 좋겠어.

 지금은 너무 이르고 겨울이 올 때까지는 너무 길 것 같아. 변덕이 심해서 나도 그땐 내가 어떤 사람이 될 지 알 수 없어. 그러니까 여름이 갈 때까지만. 그게 좋을 것 같아.

 낮에는 에어컨이 강하지 않은 작은 카페에 늘어져 차가운 커피를 마시자. 네가 읽는, 내가 읽는 책에서, 들리는 음악에서, 함께 본 영화에서 좋았던 구절과 가사와 씬에 대해 이야기를 나누자. 가끔씩 나는 그런 너를 그릴 테니 피하지 말아줘.

여름이 좋은 이유는 뜨거운 낮보단 춥지 않은 밤 때문이야. 선선한 바람이 부는 저녁에는 한강으로 가자. 그 여름을 동쪽 바다에서 보내도 좋을지 몰라. 어디든 걷다가 고른 자리를 발견하면 내 주홍색 돗자리를 깔고 캔맥주를 마시자. 작은 스피커로 여름밤, 이라는 노래를 함께 듣자.

"부드러운 바람이 불면 슬며시 눈을 감아 무더웠던 나의 하루를 어루만져주는 여름밤" **홍재목, <여름밤> 중**

오늘의 무더위와 다가올 추위에 대해선 이야기하지 말자. 애써 말하지 않으려 숨기진 않아도 돼. 하지만 말하지 않아도 괜찮을 여름밤을 함께 보내자.

어느 여름

나로 사는 게 나쁘지 않았다. 그런데 당신이 온 뒤로 나는 당신이 되고 싶었다. 당신이 되어 당신의 온 과거 속에 함께 있고 싶다.

기명희 **이 바람을 얼마나 그리워했던가** 중

새벽녘 선잠에 그를 떠올렸다. 창에 비치는 푸른 빛과 새로 꺼낸 부드러운 여름 이불에 기분이 좋았다. 그를 이런 새벽녘 떠올리게 될 줄은 몰랐다. 그가 사는 곳이, 살던 곳이 어딘지도 듣고는 바로 잊었을 정도였다. 달라진 것은 아마, '이제 더는 볼 일이 없겠지' 생각한 후였다. 반쯤 잠든 채로 며칠간 형체도 없이 둥둥 떠다니던 문장들을 엮어보려 애쓴다.

그 비 오는 밤길에서 나는 드디어 내게 주연이었다. 흐릿하면서도 또렷한 배경은 누군가 꾸며놓은 촬영 세트 같았다. 사소한 농담과 사소한 눈의

순간들은 늘어난 테잎처럼 조금 더 길게 지나갔다. 쉬이 던지는 장난과 농담들은 때로는 그만큼 가까워진 것 같아 좋았고, 때로는 또 그만큼 가까워진 것만 같아 싫었다. 내가 그런 눈과 그런 미소를 언제 마지막으로 가져보았는지 떠올려 보았으나 기억나지 않았다.

그는 처음 보는 유형의 사람이었다. 그의 말들은 때로는 반짝이는 것 같기도, 따듯한 선율 같은 것들이 보이는 듯하기도 했다. 그 말들에 덧붙이고 싶은 말이 많았으나 그러지 못했다. 때로 멍청한 내 말들을 덧붙이면, 그 앞에서 나의 것들은 초라하고 덧없이 흩어지기만 했다. 그런데도 그 흩어진 말들마저 나의 홀로된 말들에 비하면 훨씬 아름다웠다.

숨겨둔 누군가의 문장을 다시 꺼내 읽는다.

"나로 사는 게 나쁘지 않았다. 그런데 당신이 온 뒤로 나는 당신이 되고 싶었다. 당신이 되어 당신의 온 과거 속에 함께 있고 싶다." **기명희 <이 바람을 얼마나 그리워했던가> 중**

나는 이보다 좋은 문장을 쓸 수 없을 것만 같았다.

문득 그의 지난 시간들이 궁금해졌다. 내가 듣고 볼 수 있는 그의 지난날들에 문득 초라한 나를 떠올렸다. 그에게 내가 어떤 사람으로 보이게 될지 궁금해 나의 지난 말들을, 얼굴들을, 그가 되어 되짚었다. 언제나와 같은 체념보다는 작은 욕심을 가졌다. 더 좋은 사람이 되고 싶다는, 되어야겠다는 생각이 들었다.

그가 듣던 노래를 듣는다. 읽는 글과 듣는 노래가 꽤 많이 달라질 것이다.

언제부턴가, 라니.

뚜렷하지 않은, 언제인지 알 수 없는, 경계는 희미하지만 명확하게 존재하는 날이다. 이를 달력에 표시한다면 펜으로 여기, 표시할 수 있는 게 아니라 수채화 물감에 물을 듬뿍 묻혀 이쯤, 이라며 칠할 수 있을 것이다. 언제부턴가, 라는 때는.

집 앞 골목에서 담배를 태우며 어떤 생각이 자라났다는 사실을 알았다. 그에 관한 문장은 '언제부턴가'로 시작했어야만 했다.

언제부턴가, 나는 그의 말투를, 콧소리의 농도를, 웃음을 글로든 그림으로든 어떤 방식으로든 옮겨다 표현하고 싶었다. 더 듣고 봐야만 하는 일이었다.

어느 봄, 잔디밭에서 샌드위치를 먹으며 친한 동생이 '라벨론'이라는 것을 생각해냈다고 말했다.

어떤 사람에 대한 추억이나 기억 때문에 어느 사물이나 단어, 개념에 그 사람의 이름이 붙는 거라 말했다. 그녀에겐 가본 적 없는 애리조나에 누군가의 이름이 쓰인 라벨이 붙어있다 말했다. 애리조나에 대해 이야기를 하거나 듣게 되면 그녀는 그의 이름을 떠올릴 수밖에 없게 되었다.

그녀는 내게 "그런데 그 사람의 이름의 라벨은

떼어낼 수가 없어요. 닳을 수는 있겠지만요." 말했다. 내가 "그럼 평생 그렇게 살 수밖에 없어? 너무 잔인하지 않니." 되묻자, 그녀는 "방법이 하나 있는데, 그 단어에 다른 사람의 라벨을 붙이는 수밖에 없어요."라고 했다.

여름밤과 비 냄새에 그의 이름이 적힌 라벨을 붙였다.

마음이라는 게 그렇게 쉽기만 하면 얼마나 좋을까.
막으면 막아지고 닫으면 닫히는 것이 마음이라면.
그러면 인간은 얼마나 가벼워질까.

최은영 **내게 무해한 사람** 중

친구야,

나는 오늘 너와 청하 네 병을 마신 즈음부터 네게 이 말을 전하고 싶었다. 사소하지만 사소하지 않은 이 이야길 나를 조금은 아는 네게 말하고 싶었다. 말해버리고 싶었다.

몇 년이 지나도 여전히 지난 이별의 말, 그리고 비속어를 섞을 수밖에 없던 나에 대한 책망만을 너를 비롯한 친구들에 술 취해 떠들어 대고 있다. 하지만 이제야 조금 발개진 얼굴로 웃으며 할 수 있는 이야기가 생겼다. 술에 취할 때마다 버릇처럼

'나는 달라질 거야', '변할 거야' 말했듯 나는 무언가 조금은 달라졌다.

 여전히 네게 나는 타인의 맘을 헤아리지 못하는 못난 친구일지라도 나는 이제야 듣고 싶은 사람이 생겼다. 너는 오늘까지도 알지 못했겠지만, 나는 지나간 이별의 말 혹은 오늘의 우울에 관한 이야기를 더는 하고 싶지 않았다. 그동안 네가 들어주지 못한 말을 남긴다.

 아마 그 비 오는 골목에서 그가 자신의 지난 꿈에 대해 이야기할 때였던 것 같다. 누군가 묻는다면 그렇게 답할 것이다. 그 밤, 그 골목에서 그의 이야기를 들을 때 내 시간은 조금 늘어졌다. 그렇게 우리는 때로 비를 조금씩 맞고 때로 빗길에 미끄러지며 하염없이 걸었다. 그러다 문득 그와 눈이 마주쳤을 때, 나는 네가 함께 있다는 사실을 잊고 그에게 대뜸 "좋아해요" 말할 뻔했다.

 눈 오는 밤에 오래된 어느 누군가의 이름이 쓰인 라벨을 붙였다면 비 오는 밤에 나는 그의 이름이 쓰인 라벨을 붙였다. 그의 고향과 사는 곳도 내게 특별하게 느껴졌고, 그가 좋아하는 장소나 음악과 영화들에 나도 함께하고 싶다 생각했다. 그와 더 자주 만날 더 가까운, 나는 알지 못하는 다른 사람들에 질투가 났고, 그를 다시 볼 일을 매번 만들어냈다.

언젠가 게걸스레 먹는다 생각한 그의 앞에서 내가 너무 깨작깨작 먹고 있는 것처럼 보이지 않을까 걱정했다. 그가 동그란 눈을 더 동그랗게 뜨고 궁금해할 이야기들을 꺼냈고, 별 것 아닌 말들은 괜히 꺼냈나 후회했다. 네게 하던 언제나처럼의 가벼운 이야긴 하지 않으려 했다. 가끔 그 가벼운 이야기들에 비껴가는 그의 눈을 나는 보고만 있었다.

어쩌면 내가 이런 이야길 꺼내는 일조차 이미 누군가에게 독점 당한 일일까 말할 수가 없었다. 나는 그만큼도 그에 대해 알 수가 없기 때문이다. 그와 웃으며 이야기를 나누고 가까이 걷고 사진을 찍는 이들에 대해 나는 누구냐 물을 수가 없다. 물론 나에 대해서도 그는 알 수 없겠지만, 그의 입장에선 나를 알 이유도 없다. 자랑스런 내가 자랑스레 네게도 이 일들을 말할 수 있으면 좋겠다 생각했지만, 자랑스럽지 못한 나는 그럴 수가 없었다.

이런 생각을 하며 나는 그의 두텁한 손과 너른 어깨를 떠올렸다. 얼마 전 나는 이런 짧은 글을 남겨두었다. "'함께 밤을 보낼래요?' 하는 말은 할 수 있어도 '함께 손을 잡고 걸을래요?' 하는 말을 할 수 없는 것이었다." 그러던 내가, 그러니까 겨우 그런 내가, 할 수 있는 최선의 일은 그저 이렇게 떠올리는 일뿐이었다. 이제 나는, 더는 도저히 무엇을 어떻게 해야 할지 알 수 없다. 재만 남은 인간 같다.

겨우 이것이 하지 못한 이야기의 전부다. 나는 언제나 가볍고 사소한 일들도, 심각한 고민들도 술에 취하거나 전화라도 해 농담스레 네게 말할 수 있었지만, 진심을 담았던 이 마음만은 말하지 못했다.

어쩌면 그에게 나는 시답잖은 말을 늘어놓는, 매번 술을 마시자 귀찮게 구는, 그저 삶의 '조연 30' 정도에 불과할지 모른다. 그런 생각이 들수록 나는 나를 틀어박히게 한다. 그래서 나는 반대로 길을 나서고 새로운 사람들을 만나고 언젠가의 그와 닮았어, 하는 의미 없는 말들을 늘어놓고, 또 술에 취한 채 아침을 맞는다.

나는, 겨우 이것밖에 되지 않는 나는, 누구에게도 무엇도 어떤 말도 할 수가 없어 너를 불러냈지만 네게도 이를 말할 용기가 없었다. 소주 두 병을 채 마시기 전에, 지난밤 함께 시간을 보낸 이름 모를 타인에 대해 쉽게 말할 수는 있었지만, 지난 새벽녘 조심스레 떠올린 그에 대해 말할 수는 없었다.

아침 어스름을 걸으며 나는 난 왜, 난 왜 이것밖에 안 되는 사람일까, 나를 타박했다. 만약 내가 그에게 '나는 이런 점에서 괜찮은 사람이에요' 말할 수 있는 게 두어 가지쯤이라도 있었다면 조금 달랐을까. 그랬다면 네게 가벼이 털어놓을 수 있었을까.

친구야, 나는 빛나는 눈을 가진 한 사람을 앓고 있다. 겨우 이 얘길, 술을 그렇게 들이키고도 하지 못했다.

난 오늘도 이 비를 맞으며
하루를 그냥 보내요

김현식 **비처럼 음악처럼** 중

오늘도 비가 내렸다. 오늘도 우산이 없었다. 오늘도 내리는 비를 그저 맞으며 비 오는 밤길을 걸었다. 비가 오는 날엔 밖엘 나가지도 않던 나는, 이 여름 이른 장마에 비가 올 때마다 그를 떠올렸고 그를 맞아냈다.

어제도 비가 왔다. 높은 건물 아래, 내리는 폭우를 무력하게 바라보며 나는 내심 그가 나를 찾으러 오면 좋겠다고, 그에게 두고 온 내 우산을 함께 쓰면 좋겠다고 생각했다. 결국 나는 홀로 하염없이 비를 맞았다. 나쁘지는 않았다. 이미 비에 흠뻑 젖어 그를 마주했을 때야 내게 우산을 건넨 그에게 우산을 쓰지 않겠다 말했고, 그도 우산을 접었다.

 그 밤 함께 술을 마시고 담배를 태우며 나는 종종 빗속에 뛰어들었다. 그는 그런 내가 미끄러진 거라 생각했는지 나를 잡으려다 이내 그런 나를 보고만 있었다.

 점심께에 그는 길을 모르는 내 마중을 나왔다. 쥐색 반팔 티셔츠의 그가 멀리서 손을 흔들었다. 좋지 않은 시력이지만 그가 웃고 있는 게 보였다. 나는 늦었다는 사실과 그를 다시 마주하고 있다는 사실에 쭈뼛거렸다. 그는 웃으며 왜 그래요, 물었고 나는 늦어서 미안해요, 말했다. 쑥스러운 웃음을 가진 내 모습이 어색했다. 그때 골목에 차가 들어왔고 그는 내 팔을 끌었다. 그 압력에 시간이 조금 더 길게 느껴졌다.

 낮에는 그와 걸었다. 나는 걸음이 느렸고 그는 그 속도에 맞추었다. 때로 팔이 부딪히면 나는 한 걸음 떨어져 걸었다. 그러면 쑥스러워져 근처 강만 보며 걸었다. 그는 내게 '걸음이 느린 아이'라는 곡을 아냐 물었고 걷는 걸 좋아하지 않냐 물었다. 실은, 조금 더 천천히 걸은 건 어쩌면 그와 걷는 시간이 조금이라도 더 길었으면 하는 이유에서였다. 그렇게 밥도 느리게 먹었고, 말도 느리게 했고, 술도 느리게 마셨다.

그날엔 술을 또 왜 그리도 많이 마셨는지, 종일 드문드문 흐릿한 기억이 났다. 조금 덜 마셨더라면, 천천히 마셨더라면 그와의 기억을 조금 더 또렷이 간직할 수 있었을까. 나는 그의 옆에 앉아 평소보다 많은 이야길 했다. 그는 재잘대는 나를 내려다봤다. 때로 그는 고개를 돌려 말하는 나를 보고 있었고, 때로 나는 그의 빛나는 눈을 마주하며 그의 이야기를 들었다. 그가 큰 소리로 하하, 웃을 때면 그 진동에 온몸이 쿵쿵, 울리곤 했다.

나는 그와 쭉 그렇게 함께 앉아 있고 싶다 생각했다. 맥주를 한 병 더 마시면 그 시간만큼 더 함께일 수 있었다. 나는 간간히, 몰래 맥주를 한 병씩 더 주문했다. 친구가 집에 가고 싶어 하는 내색을 보일 때 그는 맥주를 두 병 더 주문했다. 내심 기뻤다.

술집에서 나왔을 때엔 비가 그쳤다. 밖에 나와 그에게 술에 취해 한참을 무언가에 대해 이야기 했다. 나는 그를 조금 올려다보며 열심히 말했다. 술에 취해서였는지, 그와 너무 가까이 있다는 생각을 했다.

택시를 타고 도착한 집에 와 못다 한 이야길 메시지로 보냈다. 그는 '얼른 자요' 그리고 '좋은 꿈 꾸고' 메시지를 보냈다. 좋은 꿈, 그건 반칙이라고 생각했다.

행복해질 수 있을까. 행복한 사람이 될 수 있을까. 행복까지는 바라지 않아도 충만해질 수라도, 충만까지는 바라지 않아도 결핍되고 위태로운 상황에서 벗어날 수 있을까, 언젠가.

"나도 이제 행복해져도 될까."

임나운 **우리 이제** 중

담배를 꼬나물고 난간에 앉았다. 조금 전 산 책을 펼쳐 몇 장 넘기니 한 페이지 가득, "나도 이제 행복해져도 될까."라는 글귀가 보였다.

조금의 설렘과 조금의 불안이 있었지만, 나는 아무렇지 않기로 했다. 여름밤이니까. 하지만 매번 버스가, 택시가 내려다 주는 사람이 너이길 바랐다. 버스에서 내리는 열댓 명의 사람들을 하나씩 살폈다. 네가 나를 만나기 위해 택시에서 급히 내린다면 조금 더 기분이 좋을 거라 생각했다. 흐릿한 눈이지만 길을 걸어오는 누군가가 네가 아닐까, 내가 놓칠 수도 있지 않을까 유심히 바라봤다. 언제나 그랬듯 기다리는 일은 내게 아무 일도 아냐, 아니, 기다리고 있는 게 아냐, 그저 여름밤 어느 골목에서 책을 읽고 있어, 생각했다. 책을 접었다 펼치고 새로 담뱃불을 붙였다.

늦는다는, 다른 곳에서 봐요, 라는 너의 건조한 말에 나는 그 길목이 아닌, 다시 서점에서 너를 기다렸다. 괜찮아요, 라고 말했고 정말로 괜찮고 싶었다. 자주 가던 그곳에서 언제나처럼의 자연스러움이 아니라, 꽤 어색해하며 책을 읽고 있어야 하나, 주인과 이야기를 나누어야 하나, 하며 엉거주춤 어색해했다. 의외의 내 어색함에 주인은 왜 그래요, 하며 얼음을 띄운 뱅쇼를 한 잔 내주었다. 뱅쇼를 한 모금 마시니 어색함이, 어쩌면 불안함이 조금 가셨다.

이곳에서 책을 산다면 가벼운 연애소설 같은 걸 사야겠다 생각했지만 평소처럼 주인에게 그렇게 물을 수는 없었다. 우울한 책을 사 가던 내가 무언가 변했음을 안다면 퍽 쑥스러울 것 같았기 때문이다. 얼마 전 연락 온 출판사에 대한 이야길 하며 그

출판사의 오래된 소설을 한 권 골랐다. 어쩌면 네가 오지 않아도 나는 괜찮을 거라고, 괜찮다고 말할 거라고 생각했다. 열두 시가 되면 떠나야지, 거긴 별거 없었어요, 하며 집으로 향해야지, 생각했다.

그러고 보면 서점 주인은 처음부터 웬일로 밤늦게 나타난 내게 너를 만나러 왔냐고 물었고, 얼마 전에 주인과 맥주를 마시다 내가 먼저 떠날 때에도 그렇게 물었다. 사실이기도 했고 아니기도 했다.

서점 주인과 결국 이런저런 이야기를 하고 있을 때, 그때 네가 나타났다. 나보다도 주인이 먼저 어, 오셨네요, 말했고 나는 뒤돌기 전에 네 목소리를 먼저 들었다. 네가 오자마자 낮은 목소리로 붙인 나에 대한 호칭에 주인은 오해가 조금 줄었을 지도 모르겠다 생각했다. 너는 땀을 흘리고 있었다. 나를 찾으러 다른 먼 곳까지 갔다 왔다고, 일찍 왔어야 했는데, 미안하다고 말했다. 나는 사실 네가 오지 않아도 괜찮다고, 괜찮다고 말해야 한다고 생각했는데, 그 땀에, 찾으러 갔다는 말에, 나는 기뻤다.

나는 그런 네가 그저 반갑기도 했지만, 그 오르막을 오가며 땀을 흘리게 된 일이 오히려 미안해 마시던 얼음을 띄운 뱅쇼를 네게 건넸다. 그렇게 십여 분 정도 나는 산 책을 보는 둥 마는 둥 했고, 너는 잡지를 한 권 집어 주인에게 건넸다. 주인은 언제나처럼 굳이 와버려서 사는 거 아녜요, 했고 너는 읽고 싶었다며 판형이 조금 작아졌네요, 말했다. 나는 슬며시 가방을 집어 들었고 이제 가야겠네요, 하며 그곳을 빠져나왔다. 서점에서 만나 떠나는 두 뒷모습이 주인에겐 조금 특별한 일일 것 같아, 오해한다면 나는 그편도 좋을 것 같았다.

또다시 그때, 그 밤길을 걸으며 너는 어제의, 오늘의 나에 대해 물었다. 너는 나를 큰길까지 데려다준다 했고, 나는 그 길의 끝에서 아쉬워 맥주 한 잔 마실래요, 물었다. 네가 말한 두 가게 중에 나는 조금 더 어두운 조명의 가게를 택했다. 왜 그곳이었냐는 말에, 조금 더 분위기가 좋으니까요, 라는 이유가 있었지만 여긴 안 와봐서요, 말했다. 너는 내게 많이 물었고, 나는 어제 간 가로수길, 어제 술을 마시며 했던 이야기 그리고 그에서 파생된 불안에 대해 이야기했다. 나는 나보다도 네가 더 궁금했지만 더 물을 수가 없었다.

너와는 그동안 언제나 눈을 빤히 마주하며 이야기를 나누었지만, 나는 작은 테이블 건너의 동그란 눈을 자주 피해 고개를 떨구거나 바깥에 시선을 두었다. 어쩌면 내가 자리를 얼른 뜨고 싶어 하는 거라 생각했을 수도 있을 것이다. 그러면서 나는, 너는 동그란 눈과 동그란 코를 가지고 있구나, 나는 언제나 누군가의 동그란 코를 그림으로 그리고 싶었다는 사실을 떠올렸다. 불안과 화 같은 것들에 대해 이야기하는 너의 눈은 슬펐고, 그러면서도 일에 대해 이야기하는 눈은 언제나처럼 빛났다.

생각보다 빨리 줄어가는 맥주가 아쉬웠다. 나는 책을 팔다 오늘 현금으로 받은 돈으로 맥주를 샀다. 그 맥줏집 앞에서 택시를 타고 돌아가야 할 때 네가 더 걸어 올라가 택시를 타라고 한 말이 기뻤다. 그 길을 올라가며 이야기를 나누는 동안 너의 반팔 티셔츠 옷자락이 민소매를 입은 내 어깨에 자주 스쳤다. 나는 걷는 내내 너를 한 번씩 올려다보며 네 키가 이렇게 컸던가, 생각했다. 그러면서 네가 들려주는 생각들과 이야기들, 하고자 하는 일들이 너무나 멋지다는 생각을 할 수밖에 없었다. 그 말이 너무 빛나서 나는 함께 일을 하겠다는 지키지도 못할 말들을 해버렸다.

그때부터 택시가 오지 않기 시작했다. 반대 방향의 택시를 탄대도 아주 조금 돌아갈 뿐이라는 사실을 나는 알고 있었지만 잡지 않았다. 내가 결국에 돌아가는 택시라도 타야겠어, 말했을 때 너는 반대 방향의 택시를 잡았고 택시는 가던 길을 바로 돌았다. 택시를 잡은 내게, 너는 잘 가라고, 조심히 가라고 두어 번 말했고, 나는 짧게 안녕, 이라고 말했다. 곧 다시 보자는 말을 못 했던 게 아쉬웠다.

택시에 올라, "나도 이제 행복해져도 될까."라던 그 책의 구절을 다시금 떠올렸다.

---

*이 글은 책바에서 발행한 우리가 술을 마시며 쓴 글과 씀에서 발행한 오롯이 혼자에도 수록되어 있습니다.

있는 그대로 와 가진 것 그대로 와
난 너를 느낄게 난 너를 느낄게

짙은 **곁에** 중

지난 저녁, 또 비가 내렸다.

창문을 활짝 열고, 창가에 머리맡을 두고 잠들었다. 빗속에서 잠드는 것만 같았다. 반쯤 잠에서 깨어 김연수의 소설 〈사월의 미, 칠월의 솔〉을 떠올렸다. 어느 칠월, 소설 속 주인공들은 작은 방 안에서 함께, 함석판 지붕에 떨어지는 빗소리가 솔쯤까지 올라갔다고 생각했다. 오늘 나의 칠월, 창밖 중후하게 떨어지는 빗소리 가운데 어딘가 비가 부딪히는 소리가 들렸다. 그것이 솔보다는 높은음이라 생각하며 잠들었다.

그와 안 지는 두어 달 정도 지났지만, 누구보다도 함께 많은 비를 맞았다. 조금씩 떨어지는 몇몇 빗방울도, 하얀 하늘에서 커다랗게 떨어지는 비도, 스콜같이 갑자기 내리는 소나기도 맞았다. 나는 한번쯤 그가 비를 맞지 말라고, 우산까지는 아니더라도 처마 밑에서라도 잠깐 기다리자고 말해주었으면 좋겠다고 생각하면서도, 비를 아무렇지 않게 맞는 그가 좋았다. 그는 큰 소나기를 맞으면서도 내게 낭만적이네요, 하는 농담을 던지며 비에 홀딱 젖었다.

때로 내게 우산을 건넨 사람들도 있었고, 비를 맞지 말라며 처마 아래 두고 가버린 사람들도 있었다. 편할 수 있게, 혹은 함께 힘들 수 없다 한 사람들이었다. 그는 언제나 실제로도 우산 없이 비를 맞기도 했지만, 은유적으로도 비를 맞아내며 사는 것 같은 사람이었다.

나는 항상 이렇게 그와 함께 비를 맞을 수 있으면 좋겠다 생각했다. 누군가에게 쉬이 우산을 얻어다 쓰고 싶지도 않았고, 누군가 비를 맞지 말라며 처마 밑에 두고 가지 않았으면 좋겠다고도 생각했다. 비 같은 것들, 힘들고 어려운 일들을 그저 아무렇지 않게, 혹은 즐겁게 함께 맞아 내버리고 이겨내 버리는 사람이고 싶었다.

칠월의 미, 그리고 여름 장마에 붙은 그의 이름의 라벨이었다. 어제는 올여름 처음 우산을 펼쳤다.

함석지붕 집이었는데, 빗소리가 얼마나 좋았는지 몰라. 우리가 살림을 차린 사월에는 미 정도였는데, 점점 높아지더니 칠월이 되니까 솔 정도까지 올라가더라.

김연수 **사월의 미, 칠월의 솔** 중

**어떤 맥락에서 썼는지
기억이 나지 않는 짧은 기록들을 발견.**

      기다란 테이블에서 나는, 후, 편집하는 일은 너무 힘들어요, 라고 말했다. 그러자 너는 그럼 하지 마요, 라고 했다. 나는 그 말을 듣곤, 그래도 이 일이 제일 재밌으니까요, 라고 답했다.

　　　　존댓말을 계속 쓰면 좋겠다. 너는 반말이 좋다 말했지만 말 놓으세요, 하는 말을 하지 않았다.

　　너는 네 이상형에 대해 꽤 긴 문장들로 이야기했다. 만약 내게도 물었더라면, 믈었더라면 나는 무어라 답했을까 생각해보았다.

며칠 동안 잠을 못 자 괴로웠다. 나는 번화가 뒤편 골목, 낮은 건물 아래에서 그에게 전화를 걸었다. 여름 해가 진 지 얼마 되지 않았었지만 나는 이미 술에 취해 있었다. 함께 술을 마시던 이가 그를 만나보고 싶다는 말에 기뻐 "정말요" 하고 전화를 걸었다. 술에 취해 전화를 건 채 그에게 보고 싶다고, 보고 싶다고 해서, 라는 말을 몇 번 반복했던 것 같다. 그것은 동행인의 말이기도 했고 나의 말이기도 했다.

또 다른 번화가 뒤편 골목에 있는 익숙한 선술집 앞에서 그를 만났다. 그는 도착하자마자 들고 있던 내 담뱃갑을 당연스레 꺼져다 피웠다. 나는 뒷주머니에서 라이터를 꺼내 불을 붙여주었고 그는 내 손을 감싸 담배에 불을 붙였다. 몇 번 그렇게 그에게 라이터 불을, 휴대폰을 건넬 때 그의 손이 닿곤 했는데 두텁한 손의 모양과 달리 그 표면은 아주 부드러워 나는 그 손의 모양을 한번 더 확인하곤 했다.

소주는 금세 대여섯 병 비워졌다. 시간이 지나 더 많은 친구들이 모였을 때 우리는 다 함께 자리를 옮겼다. 그렇게 우리는 사케와 소주를 번갈아 비워가며 서로 이야기를 나누었다.

술에 가득 취해 근처의 친구 집에 모두 모여 라임을 넣은 병맥주를 마셨다. 친구들은 각각 건반과 통기타, 일렉기타를 연주했다. 그는 친구들에게 어떤 곡이 좋다, 어떤 가수가 좋다, 이야기했다. 건반을 치던 친구가 그가 항상 좋다그 말하던 가수의 곡 전주를 연주하자, 통기타와 일렉기타도 제 자리를 찾아 연주를 시작했다.

그는 그 사이에서 언제나와 같은 낮고 매력적인 목소리로 가사를 얹었다. 그가 낮게 흥얼거리기 시작할 때 나는 취한 술에 순간을 잊을까 눈을 감았다. 나는 그와 세 사람이 만드는 음악을 눈을 감고 들었다.

마치 기분 좋은 꿈같았다.

눈물 고인 내 눈 속에
별 하나가 깜빡이네요

눈을 감으면 흘러내릴까 봐
눈 못 감는 서글픈 사랑
이룰 수 없는 내 사랑

김광석 **외사랑** 중

그럼 나랑 공연 보러 갈래요, 나랑 공연 보러 가요, 일 호선 종로3가 역을 지날 때쯤 고민한다. 지나던 지하철 바깥을 보니 보이는 색이 많다. 갈래요, 가요, 고민하다 끝내 무심한 '가요'를 택한다. 안 된다고 해도 일 때문일 거야, 생각한다. 우리가 아는 다른 그 친구와 가라는 말에 마음이 상한다. 일 호선은 서울역으로 부산역으로, 그리고 광안리에 도착한다. 아쉬운 맘에 친구에게 전화를 걸자 그가 받는다. 놀라 할 말을 찾다, 겨우 "광안리가 예뻐요" 말한다. 그는 "나도 광안리면 좋겠다" 말하고 나는 보이지도 않는 그의 목소리에 괜히 발끝을 툭툭 차며 웃는다. 쌜쭉한 남자가 말을 걸어왔지만 답하고 싶지 않다. 여전히 그를 떠올리며 늦은 밤 술에 취해 다시 그의 전화번호로 전화를 건다. 몇 번의 통화에 무슨 말을 했는지는 기억이 나지 않는다. 오후가 되어 미안해요, 하는 메시지가 오고서야 무슨 말을 했을지 짐작이 된다. 아니에요, 내가 미안해요, 메시지를 보낸다.

덩어리진 욕심에 조바심이라는 가속도가 붙으면 그대로 방향을 잃고 들이박아 산산조각 나는 것이다. 이 가속도를 제지하려 해도 괴롭기만 할 뿐이다. 당연하게도 적당한 괴로움을 견디다 적당한 방향을 잡으면 적당히 나아가야 한다. 지난밤 술이라는 기름을 붓고 낯선 남자의 좋아한단 말은 그를 향해, 아니 어쩌면 반대 방향으로 엑셀러레이터를 밟게 했다. 남은 건 지긋지긋한 숙취뿐이다. 어디로 가는지 알 수가 없다.

　　여름이 지났다.

술에 취하고 또 취해서 그에게 결국에야 했던 말은 겨우, "나 원래 그런 사람 아녜요"였다.

　구구절절 써둔 일기들에 비친 나를 보며 열일곱 고등학생과 같은 모습을 가지고 있구나, 가질 수 있었구나, 생각했다. 나는 나쁜 사람이라며 나를 좋아하지 말아주세요, 알고 싶어 하지 말아 주세요, 라던 나도 꽤 괜찮은 사람일 수 있구나, 하는 생각을 조금, 아주 조금은 가질 수 있었다.

　김연수는 〈사랑이라니 선영아〉에서 사랑은 자

신의 확장이며 그것이 끝나는 일은 다시 자신으로의 수축이라 했다. 그는 이렇게 말했다.

"내가 그렇게 농담을 잘하는 사람이었구나. 슬픔이란 유행가 가사에나 나오는 얘기인 것처럼 늘 맑게 웃었구나. 참 떼도 많이 쓰고 참을성도 없었구나 등등의 회한이 들면서 그런 자신을 아련하게 그리워하게 된다."

오롯이 나로서, 나 혼자서 살아가는 것이 편했다. 익숙함도 오래된 친구도 편안한 집도 필요치 않았다. 언제라도 어딘가에라도 멀리 떠나 버릴 준비를 하며 살았다. 혼자 지샐 밤이 두려워지는 날에는 잠깐 술에 취해 시간을 보낼 한두 사람만 있으면 충분했다. 다음 날 아침, 술에 깨어 주고받는 어색한 인사마저도 끝내 익숙해지지 않았긴 하지만 말이다.

조금 발 붙일 곳과 마음 붙일 사람이 필요했을는지도 모르겠다. 그는 지금껏 보아온 사람들과 완전히 다른 유형의 사람이었다.

그는 여름밤 가로등 같은 사람이었고 나는 이름 없는 날벌레 같은 존재였다. 날벌레는, 그러니까 나는, 이자카야 야외 테이블에서도, 조촐한 앉은뱅이 술상 앞에서도, 해장국 집에서도, 그에겐 잊힐 의미 없는 다짐들을 매번 했다.

그렇게나마 익숙할 사람이 필요했다. 욕심이 나서, 그 욕심에 조바심이 더해져서 방향을 잃고 이리저리 흔들리고 부딪혔다. 고량주와 사케에 취해 내가 부딪혀도 그는 언제나 미등도 없던 것처럼 말이다. 내게 주어진 것은 잡을 수 있던 옷깃, 그 정도였던 것이다. 모든 게 어려웠지만 상처받고 싶지도 않았다.

내 주제에, 나 같은 인간이 어딘가 발붙이고 맘 붙일 일은 언제나 그랬듯 사치였다.

확장된 나는 수줍어 할 말을 다 해내지 못하는, 그러면서도 욕심내는 어린 여자였다. 이제는 나도 이곳, 여기에 발붙이고 해야 하는 일을 시작하고 처음으로 두어 달 후의 계획도 잡았다. 수축한 나는 여전히 발도 맘도 붙일 곳 하나 없는 부유하는 존재였다.

결국 이 짧은 여름은 여전히 그게 나였던 것임을 확인하는 시간이었을 뿐이다.

너의 눈빛에 나의 맘은 금이 가고
너의 말투에 내 맘은 와장창 다 박살나고
너를 미워하고 비워내도 친구를 붙잡고 욕을 해도
혼자 끝내는 오늘까지도

박원 **나를 좋아하지 않는 그대에게** 중

다시, 여름

우린 취했고 그 밤은 참 길었죠
나쁜 마음은 조금도 없었죠

이적 **비포 선라이즈(duet with 정인)** 중

지난여름, 왜 그렇게 함께 술을 마시고 전화하고 주정했냐 누군가 묻는다면 아마 "함께 비 맞는 게 좋아서요" 답했을 테다. 그와 함께 종각에서 을지로로, 충무로로, 다시 종로로 걷는 밤 내내 여름 냄새가 번졌다.

"날씨가 너무 좋네요."
걷는 길 내내 그는 몇 번 그렇게 말했다.

"여름 냄새가 나요."
나는 그렇게 몇 번 대꾸했다.

여름밤의 냄새, 그 냄새를 사랑한다. 남쪽인 충무로 방향에서 불어오는 여름밤 냄새에 꽤 진득해진 습도, 그리고 옅은 바람이 가끔 불었다. 어쩌면 나는 그가 아닌 여름의 밤, 그 풀냄새 가득한 냄새와 비가 후두둑 쏟아질 것만 같은 습도를 사랑하는 것이 아닐까 생각한다.

우리는 문을 닫은 인쇄소들과 제본소들 사이 빨간 테이블에 앉았다. 어둑한 골목엔 낮의 분주함이 남아있지 않다. 오뎅탕을 주문하고 첫 잔으로 데운 정종을 마셨다. 데운 정종은 조금 덥고, 생맥주는 조금 추운 밤이었다. 가끔 지나가는 차 소리와 발소리에 나누는 말이 많지 않아도 좋을 시간이었다.

그의 이야길 들으며 나는 종종 웃고 종종 진지한 얼굴을 했다. 언제나처럼 '한 잔' 더 마시기 위해 내가 아는 종로의 어느 술집으로 향했다.

종로로 돌아갈 때에는 구두와 무거운 가죽가방이 꽤 불편해졌지만, 그 정도 불편함은 의미 없을 정도로 아름다운 여름밤의 냄새가 여전히 저 멀리서 났다.

걷는 길 내내 비가 오면 좋겠다고, 올해의 첫 여름비를 함께 맞으면 좋겠다고 생각했다.

좋아하는 사람 품에 안겨 좋아해 줄 수
없어 미안하다는 말을 들었던 밤, 조금 울었던 밤.

you can keep me warm on a cold night
warm on a cold cold cold night

HONNE **warm on a cold night** 중

맥주를 마시며 웃는다. 또 비가 내린다. 어쩐지 비 같은 사람, 비를 데려오는 사람이라 생각한다. 우산 없이 걸어도 좋을 그는, "우산을 챙겨 나올걸" 말하다 금방 다시, "챙겨 본 적도 없는데 무슨 소릴 하는 거지" 하며 웃는다. 낮은 웃음 소리는 헛헛, 짙은 푸른색이다. 비에 붙은 라벨 아래에 그의 이름을 한번 더 꾹꾹 눌러쓴다. 함께 비를 맞으며 걷는다. 손을 잡고 걸을래요, 안기어도 되나요, 기대어도 되나요, 하는 말은 빗속에 숨긴다. 비가 오니 하지 않아도 좋을 말들이다. 작은 공원을 가로지르며 비에 젖은 흙냄새, 풀 냄새 속에 잠시 머무른다. 오래된 동네 찻길에서 택시를 기다린다. 곧 올 거예요,

언젠가는 오겠죠, 하는 말을 서로 주고받지만 택시가 영영 오지 않으면 더 좋을 테다. 빗속에서 떨다 걷은 소매를 내린다. 결국 멀리서 빨간 불을 띄운 택시가 올 때서야 겨우 오른손을 내긴다. 반대편의 오른손은 따듯했다.

파란 공기 속에 베이지 색 바람이 섞여 분다. 노곤해진 맘에 그의 살갗에 닿아보고 싶어진다. 한 걸음 느리게 걷고, 옆자리에 앉아 가끔 시선을 둔다. 이런 글 조각을 쓰고 있단 사실을 알 리 만무한 그는 자판을 바삐 두드리며 가끔 흥얼대고 어깨를 들썩인다. "언젠가부터 나는 좀 달라졌다" 하는 새소년의 곡이 들린다. 괜히 들리는 곡의 제목이 무어냐 묻는다.

수상한 밤들이 계속되던 날
언젠가부터 나는 좀 달라졌다
빛 바래간 내 웃음이 눈치 없이 삐져나올 때

새소년 **긴 꿈** 중

가끔씩 오늘 같은 날 외로움이 널 부를 땐
내 마음 속에 조용히 찾아와줘

장필순 **나의 외로움이 널 부를 때** 중

빗소리가 들리면 어쩐지 또다시 빗속에 함께 있는 것만 같아, 눈을 감고 하려 했던 말들을 혼자 읊었다. 날이 환히 개고 만난 공원 근처 카페에서는 되레 눈을 피했다. 물어보고 싶은 게 많았는데, 혼자 중얼대기까지 했는데. 길의 끝에서야 조금 닿아도 되느냐 물었다.

병원 침대에서 그의 눈을 그려본다. 언젠가 그의 빛나던 눈은 기억 속에 빛을 잃었다. 그 새벽 잠들지 못하고 짧은 메모를 남긴다.

　나는 눈을 감고 그쪽을 마주해요. 문장의 형태를 띠지 못한 말들과 얼굴의 형태는 없는 눈 그리고 코만 있어요. 묻고 싶었던 말들을 하고 싶었던 말들을 더듬다가 말했다가 다시 다듬고 그렇게 완전한 문장이 될 때까지 되뇝니다. 나름의 최선의 문장을 만들어도 답은 없네요. 동그란 눈과 동그란 코만 그려낼 수 있을 뿐 입은 없어요. 겨우 문장이 된 질문은 또 나폴, 사라집니다.

그러면 나는 또 깨어 눈을 뜨고 병원 침대에 앉아서 괜스레 자는 사람들의 꿈은 어떨지, 내일은 어떨지 생각합니다.

백반집을 나왔다. 담배를 두 개비 태웠다.

"있죠. 제가 살면서 딱 두 명한테 안아 달라는 말을 했는데요. 첫 번째는 고등학교 일 학년 때, 첫 번째 계주 주자일 때 삼 학년 선배 언니한테였어요. 두 번째는 대학 졸업 전시가 일주일 전인데 해놓은 게 하나도 없을 때 후배한테요."

"안아드릴까요?"
"응. 친구로요."

침대에 누워 머리끝까지 이불을 덮어쓴다. 그가 했던 "괴로워하지 말아요." 하는 말을 떠올렸다.

괴로워하지 말아요.
괴로워하지 말아요.

다시, "나도 이제 행복해져도 될까?" 묻는다. 그때마다 세상은 안 된다 말하는 것 같다. 나는 안 된다. 나만 행복해지면 안 된다.

나는 왜 이런 사람 이런 모습이고 이런 사랑을 하고
나는 아무것도 될 수 없고 바라만 보는데도
내가 그렇게 불편하니까 내가 나쁜 거니까

10cm **스토커** 중

난 욕심이 너무 깊어 더 많은 걸 갖고 싶어
너의 마음을 가질 수 없는 난 슬퍼

더 외로워 너를 이렇게 안으면
너를 내 꿈에 안으면 깨워줘
이렇게 그리운 걸 울고 싶은 걸
난 괴로워 네가 나 아니라 다른 사람에게만
웃고 사랑을 말하고 오 그렇게 날 싫어해 날

너에게 편지를 써 내 모든 걸 말하겠어

이소라 **나를 사랑하지 않는 그대에게** 중

"아녜요, 나는 괜찮아요. 원래 이랬으니까. 말 못 한 걸 말한 것뿐이니까. 싫지 않다면 계속 그럴게요." 지난밤 술 취해 그에게 말했다. 아침엔 숙취에 잠을 깨려 이어폰을 귀에 꽂았다. "난 욕심이 너무 깊어 더 많은 걸 갖고 싶어" 노래하는 이소라의 목소리가 들렸다.

눈가에 지는 주름을 보고 입가에 주름을 지었다. 손을 흔들고 택시에 올랐다. 택시의 에어컨 바람에 따듯함이 날아갈까 앞섶을 여몄다.

어떻게 만나졌는데 얼마나 힘들었는데
다시 만나기까지 얼마나 돌아왔는데
가지말고 머물러줘 놓지말고 날 잡아줘

넬 **Afterglow** 중

"사랑한다며?"
"네. 사랑하죠."
"그런데 내일은 어떨지 몰라?"
"네."
"사랑하는 건 맞잖아. 그렇잖아."
"네. 그래요."
"내일은?"
"모르겠어요."

김금희 **너무 한낮의 연애** 중

"마음이 힘들지 않겠어요?"
"지금은 모르겠어요. 지금은 지금이 좋아요. 오늘은 좋은데 내일은 또 달라질지도 모르겠죠."

말하며 김금희의 〈너무 한낮의 연애〉의 한 부분을 떠올렸다. 소설에서처럼 내일은 사랑하지 않을지 모른다는 게 아니라, 내일도 사랑할 테지만 오늘은 좋고 내일은 힘들지도 모른다는 것이다. 그 책을 치워버려야겠다, 팔아버려야겠다 생각했다.

목요일에서 일요일까지 내내 그를 만났다. 역시, 닿지 못한대도 함께 있는 편이 낫다. 내일 또 보게 된다면 마음이 힘들지도 모르지만 당장에 오늘 볼 수 있으니 좋다. 간간이 부딪히는 어깨와 마주치는 시선과 주고받는 농담, 웃음이 좋다. 매일의 차림새를 신경 쓰고 머리를 매만진다.

초여름 오전의 햇살을 받으며 그에게 편지를 쓴다.

지난밤 술 취해 했던 말들은 네가 생각하는 것처럼 지나가는 말들이 아니라고. 전부, 아마도 진심일 거라고. 누구에게도 이런 말 한 적 없다고. 네게 읽은 책들에 대한 이야기를 담아 편지를 보냈다던 이름도 나이도 모를 누군가가 나는 질투 난다고. 그렇다면 나는 너에 대해 편지로, 글로 써 내린다고. 지난여름 '그는 처음 보는 유형의 사람이었다. 말에서는 반짝임이 느껴지기도 했고 따뜻한 색이 보이는 듯했다.' 하는 식으로 너를 문장으로 옮겼다고. 그리고 이

걸 또 책에다 옮겼다고. 모두가 읽고난 후에 너에게만 이제 알려 미안하다고. 언젠가 또 누군가에게 이런 내가 있었다 말할 수 있는 날이 있길 바란다고.

자전거를 타고 근처 화장품 가게로 가 작은 선물을 고른다. 선물하려고요, 수줍게 말한다. 골목에 앉아 편지를 다시 꺼내 뒤편에 이런 건 없을까 봐, 덧붙여 쓴다. 하늘은 옅고 어제도 신은 운동화는 더 편하다. "매일 토해내는 젊음을 누군가 알아주길" 하는 가사를 듣는다.

혼자 새벽 거리 위로
맘둘 곳 없는 오해 속에서
더딘 걸음으로 지나쳐온 계절을 돌보며
우린 선을 그어 버릴까 생각만 해버렸지
매일 토해내는 젊음을 누군가 알아주길

카더가든 **Beyond** 중

내 차례에 못 올 사랑인 줄은 알면서도
나 혼자는 꾸준히 생각하리다
자, 그러면 내내 어여쁘소서

이상 **이런 시** 중

내 차례 못 올 이가 '자, 그러면 내내 어여쁘소서' 하는 글귀 조각을 건넨다. 골목에서 담배를 문 채 가지고 다니는 83년도 이상 전집을 꺼내 보인다. 건너에서 그이는 이제 지쳤다고 하던 일을 그만둘지 모른다 말한다. 보여준 빼곡한 메모에 "힘들면 그만둬요" 하는 말을 꺼내지 못한다. 되려 "나도 함께할래요" 말한다. 건너에선 지루하고 힘들 거라 답한다. 같이 힘들고 싶단 말은 못 하고 그저 재미있겠다 웃는다. 그저 비 같은 걸 함께 맞는다고 올여름에도 또 함께 비를 맞을 수 있겠다, 생각한다. 내 차례 따위 오지 않아도 그가 숨어 울지 않으면 좋겠다고 그가 편두통에 시달리지 않으면 좋겠다고.

여름밤, 비 냄새에 대해 생각한다.
매일 조금씩만 아껴 울어야지.

사람을 좋아하는 일이 꼭 울음처럼 여겨질 때가 많았다. 일부러 시작할 수도 없고 그치려 해도 잘 그쳐지지 않는. 흐르고 흘러가다 툭툭 떨어지기도 하며.

박준 운다고 달라지는 일은 아무것도 없겠지만 중 그는 떠나는 길에 매번 "연락할게요" 인사했다. 항상 그의 오른쪽에 있던 나는 왼손을 어깨춤까지 들고 "네, 가요" 답했다. 그리고 내가 스무 발자국 정도 걷고, 그가 스무 발자국 정도 걸으면 나는 한번 뒤돌아봤다. 그가 그렇게 인사를 하고 떠나면 실로 돌아가 연락하지 않더라도 언제나 돌아가는 길 내내서부터 샤워를 하고 침대에 누울 때까지 따듯한 맘일 수 있었다. 매번의 헤어짐이 그랬다.

생각보다 더 많이 좋아한다고, 어쩌면 사랑하는 것일지도 모른다는 유치한 말은 숨겼다. 오늘 예쁘게 입어서 보여주고 싶어서요, 하는 말도 못 했다.

나는 눈을 감고 그를 앞에 앉힌다 문장이 되지 못한 질문들과 미처 그려내지 못한 그의 입 더듬더듬 단어들을 골라다 읊으며 모래성을 쌓듯 한 마디 문장으로 만든다 동그란 눈과 동그란 코뿐인 그는 답이 없다 문장이 된 질문은 잠결에 나폴, 사라져 버린다

매일의 선잠의 꿈에서 눈과 코만 가진 그는 매번 묻는다, 나를 왜 사랑하니 나는 조용한 눈으로 매번 다른 답을 찾는다 어떤 답도 정확한 그것이 될 수 없다 깨닫는다 조금 더 답을 찾으려 다시 눈을 감고 그렇게 시간은 또 정오에 가까워 온다

당신을 사랑한다 했잖아요
안들려요 왜 못 들은 척 해요
당신을 바라보는 내 눈빛 알잖아요
안 보여요 왜 못 본 척 하냐구요

난 언제나 그랬어 당신만 쭉 바라봤어
넌 언제 그랬냐 역정을 내겠지만
당신이 뭘 좋아하는지 당최 모르겠어서
이렇게 저렇게 꾸며보느라 우스운 꼴이지만

선우정아 **구애** 중

"많이 좋아해요.
그래서 미운 건 어쩔 수가 없네요."

삼차방정식 그래프를 그리는 일이나 주기율표를 작성하는 일은 곧 까먹겠지만, "사랑해"라고 말한 경험은 영영 잊혀지지 않는다. 그때 우리는 자신이 누구인지 알 수 있었기 때문이다.

김연수 **사랑이라니 선영아** 중

옷깃을 몇 번 잡는다. 결국에야 마음을 모두 내비친다. 미안하다는 말 같은 걸 듣고 싶지는 않았다.

충무로 한 우동집에 도착하니 월드컵 경기 전 시끄러운 티비 중계 소리가 들린다. 사람들은 광화문에 모여 응원을 한단다. 어린 남학생들이 "대한민국"을 외치고, 그제야 광화문을 지나왔다는 사실을 깨닫는다. 중계자의 호들갑은 우동을 먹는 내내 짜증이 나고 오른쪽 아랫니가 아프다. 오천 원을 계산하며 이어폰을 꽂는다. "왜 난 흔들리며 걸어가야 하죠, 왜 난 혼자서만 공전해야 하죠" 하는 노래 가사를 들으며, 좌우로 흔들리며 걷는다.

그가 떠난 자리에서 담배를 세 까치 태운다. 머리를 노랗게 밝힌 몇이 내 앞을 지났다. 그가 처음 머리를 노랗게 밝히고 온 날, 뒤통수를 만지며 쑥스럽게 웃던 날을 떠올린다. 느리게 걷는다. 정성스레 비질을 하는 노인이 보이고 지하의 노래방은 새벽에도 쿵쿵댄다. 여전히 '왜 난 흔들리며 걸어야 하죠' 하는 가사를 떠올린다.

왜 난 흔들리며 걸어가야 하죠
믿음의 말들 잊어야만 하죠
홀로 될까 두려우니까
나 사라질까 겁이 나니까

짙은 MOON 중

집에 가까워 온다. 한 손에 든 가죽 가방이 무겁다. 여름 냄새에 익숙해졌다는 사실을 문득 깨닫는다. 좌우로 비틀거리며 걷는다.

이야기는 여섯 시쯤부터 시작되었다. 퇴근 한 시간 전이었다. 한참 이야길 나누다 우리가 담배를 태우러 일어나자 말없이 앉아 있던 인턴이 눈치를 봤다. 그제야 시간을 보니 퇴근 시간이었다. 인턴을 보내고 또 한참을 이야길 주고받으며 앞으로의 일들에 대해 고민했다. 저녁을 먹고 더 이야기를 하기로 해 밖으로 나갔다.

　　그는 혹시 모르니 우산을 하나만 챙기자 말했다. 우산을 챙기자니, 그답지 않은 말이라 혼자 조금 웃었다. 그는 왜 웃어요, 물었고 나는 아녜요, 답하며 우산을 챙겼다. 바깥에 나오니 비는 생각보다 꽤 많이 오고 있었다. 열 걸음 정드면 어깨가 다 젖을 정도로 왔다. 이제는 비를 그대로 맞을 수 있을지, 아닐지 조금 감이 온다. 그 정도면 굳이 안 펼칠 수는 없었다. 사무실에 놓여있던 삼천 원짜리 작은 비닐 우산 하나를 함께 쓰고 가며 혹여나 닿을까 노심초사했다. 그러면 안 되니까. 몸뚱이의 반은 우산 밖에 있었다. 아마 그도 마찬가지였을 테다.

어차피 몇 없는 식당 중 메뉴를 고르다, 지하에 있는 즉석 떡볶이집에 가보기로 했다. 그 근방에서 많은 끼니를 먹었지만 처음 가보는 식당이었는데, 그는 수줍은 듯 사실 떡볶이를 좋아해서요, 말했다. 짙은 분홍, 옅은 분홍, 가끔 노랑과 같은 색깔로 꾸며진 오래된 떡볶이집의 인테리어를 배경으로 한, 떡볶이를 좋아하는 그 사람의 모습에 나는 조금 이질감을 느껴 조금 웃었다.

그는 가격도 싸다며, 맛있겠다며, 조금 신이 나 있었다. 떡볶이가 나오기까지 걷은 반팔 티의 그는 전혀 어울리지 않는 짙은 분홍색의 프릴이 달린 쿠션을 안고 있어 그 모습이 꽤 구여웠다. 몇몇 농담과 일에 대한 이야길 좀 더 나누고 볶음밥까지 깨끗이 먹고 나왔다.

다시 우산을 함께 쓰고 걷고 뛰면서 설레지는 않았다. 그래서 다행이라고, 마냥 이 시간이 좋기만 해 다행이라고 생각했다. 돌아와 내가 먼저 일을 정리하고 그가 일을 정리하는 동안 그림을 끄적이다 가져온 책을 읽었다. 최은영의 〈내게 무해한 사람〉이었다. 띠지에 적힌 말을 전하고 싶어 가는 길에 무심히 주고 갈까, 고민했다.

일을 정리하고 테라스에서 담배를 태우며 비가 적게 와서 우산 하나를 누가 가져갈 것인지 고민하지 않아도 되어 다행이라 잠깐 생각했다, 그러다 또 이제 함께 우산을 쓸 일은 없으려나 싶어 조금 아쉬워졌다. 밤 열 시, 오피스에서 나설 때 손에 책을 쥐었다. 띠지를 전해도 될까, 겨우 편해진 내가 또 불편해지진 않을까, 고민했다. 결국 띠지는 전하지 않았다. 개운한 맘으로 버스에 올랐다.

그런 밤이 있었다. 사람에게 기대고 싶은 밤. 나를 오해하고 조롱하고 비난하고 이용할지도 모를. 그리하여 나를 낙담하게 하고 상처 입힐 수 있는 사람이라는 피조물에게 나의 마음을 열어 보여주고 싶은 밤이 있었다.

최은영 **내게 무해한 사람** 중

"아침을 먹여주고 싶다, 수술실 안에서처럼, 밖에서도 서포트 해주고 싶다, QOL을 조금이라도 높여주고 싶다, 역시 좋아하나 보다, 좋아한 지 오래된 것 치고 그간 아무것도 하진 않았지만, 역시 좋아하나 보다……."

정세랑 **피프티 피플** 중

퇴근 무렵 그에게 SNS에서 본 음식 사진을 보내며 저녁으로 먹으러 가자고 했다. 일이 있다거나 혼자 먹으라는 거절이 올 수는 있을 거라 생각했는데, 미안해요, 돈이 없어요, 하는 답이 돌아왔다. 되려 미안해졌다. 그쯤이야 나는 얼마든지 내가 사줄 수 있는데 매일 사줄 수도 있는데 생각하다, 뇌물이에요, 말했다. 오늘 정말 엉망이에요, 답이 왔고, 나는 엉망이니까 맛있는 거라도 먹어요, 말했다. 그가 무안해하지도 부담스러워하지도 않으면 좋겠다, 함께 이런 음식을 찾아다니며 먹고 싶은 사람은 없는데, 차라리 내가 사는 일이 당연하면 좋겠다, 생각했다.

음식점으로 가는 길 내내 꾸중을 들었다. 오늘 점심때서부터 "오늘 기분 안 좋아요?"라고 나는 몇 번 물었고 그는 "아뇨" 짧게 답했다. 역시나 기분이 안 좋은 게 맞았고, 그 이유는 내가 늦어서였다. 지금껏 나를 아침에 제시간에 출근시킨 사람은 아무도 없었다. 하지만 그는, 다른 사람들과 함께 일할 때 늦는 건, 내 생각보다 이건 중요한 문제라고, 자신은 크게 스트레스받는다고, 더 많이 나에 대해 고민한다고 말했다.

양고기 음식에 맥주를 마셨다. 꾸중을 들어도 마냥 좋은 내게 그는 몇 번이고 알아듣냐며 농담이 아니라고 말했다. 나는 때로는 진지한 표정으로 끄덕이기도, 웃어 넘겨보기도, 불쌍한 표정을 지어보기도 했다. 그러면서 그는 딱 한 번 눈가에 주름을 지으며까지 웃었다. 오늘 처음 본 웃는 모습이었는데, 좀 더 이렇게 자주 웃을 일이 있으면 좋겠다고, 내가 그렇게 해 줄 수 있으면 좋겠다고 생각했다. 아니, 그 전에 나 때문에 화난 모습부터 그만 보일 수 있게 하고.

택시 라디오에서 들리는 나른한 목소리는 "그래도 마냥 이 순간이 좋습니다" 하는 사연을 읊는다.

눈

그는 이야기를 할 때 동그란 눈을 더 동그랗게 뜨고 건너의 사람을 빤히 바라봤다. 그는 어떤 날은 "잠 안 잤어요? 피곤하죠?" 물었고 어떤 날은 "오늘은 기운 있어 보이네요" 말했다. 신기하게도 그의 진단은 매번 맞았는데, 한 번은 "어떻게 그렇게 잘 알아요?" 되물은 적 있다. 그는 사람들 눈을 유심히 살핀다 말했다.

눈을 부빌 때 그의 눈에선 뽀득뽀득 소리가 났다. 놀라, 눈에서 소리가 나요, 말했더니 눈물이 많아서라고 했다. 눈에 습기가 많아 눈물도 많고, 많이 운다고.

잦은 저녁을 그가 사는 동네에서 함께 보냈다. 보통 어느 카페에 앉아 일을 만들어내고, 그 일들을 실행하며 시간을 보냈다. 그리고 자정이 지날 때쯤 나는 "맥주 한잔만 하면 안 될까요?" 물었다. 그는 언제나 "딱 한 잔만이에요." 말했지만 최소한 맥주 두세 잔은 마셨다. 우리는 근처 좋아하는 술집에서 음식을 시켜놓고 이야기를 나누었다. 그와의 이야기는 이제는 새로울 것 없었지만 항상 편하고 즐거웠다. 내가 이미 아는 이야기들도 그는 취할 때마다 또다시 하곤 했는데 나는 그 이야기들이 매번 좋아 눈을 동그랗게 뜨고 빤히 쳐다보며 들었다. 그러다 또 늦은 시간이 오면 여름 냄새를 맡으며 작은 공원을 지나고, 나는 매번 같은 곳에서 "내부 순환로를 타면 십 분 만에 가요" 하는 말을 늘어놓으며 오지 않는 택시를 기다렸다. 택시를 타고 집까지 가는 시간보다 기다리는 시간이 훨씬 길었지만, 그래서 좋았다.

나의 언어라고만 생각했던, "많이 보고 싶었어요" 하는 말을 타인에게서 듣고 나는 네, 짧게 답했다. 그러면서 지난여름부터 그리워하는 그를 떠올렸다. 그가 내게 했던 답처럼 고마워요, 덧붙였다.

보고 싶다는 생각이 말이 되는 일과 '싶다'가 '보자'가 되는 일이 얼마나 어려운지 떠올렸다.

내 곁에 있어줘 내게 머물러줘
네 손을 잡은 날 놓치지 말아줘
이렇게 니가 한걸음 멀어지면
내가 한걸음 더 가면 되잖아

정준일 **안아줘** 중

어느 날의 일기

1

오랜만에 친구가 술을 마시자 했다.

낮에 친구가 '술'이라는 한 글자의 메시지를 보냈는데 처음엔 픽 웃었다가 몇 초 뒤 무슨 안 좋은 일이 있나 걱정이 되었다. "그 친구는 제 말을 잘 안 들어주는 것 같아요" 얼마 전 그에게 이렇게 말하고 '우리는 불행을 나누는 사이'라는 말을 덧붙였던 게 떠올랐다. 무슨 일인지는 묻지 않고 봐야겠다 생각했다. 저녁께 퇴근을 하고 강의를 하고 다시 돌아와 회의를 하다 급히 나갔으나 또 늦었다. 친구가 부른 이유는 되려 별일이 없어서였다. 별일이 없게 된 이유들과 그가 가진 생각, 마음 같은 건 나에게 실은 별로 와 닿지 않았다. 공감을 못 해주어 미안하기도 했지만 내가 그 무게와 고민을 공감할 수 있다면 그것이 거짓일 가능성이 크다고 생각했다. 듣는 수밖에 없었다. 청하 각 일병과 소주 각 일병을 마셨다.

2

술자리에 그를 불렀다.
그와 내가 공통으로 아는 친구는 함께 술을 마시던 그 친구 하나 뿐이기도 했다. 그는 종일 지칠만한 일들이 많았고 실로 지쳐있었다. 그래도 밤늦게 우리를 기다려 술을 마신 이유는 그 친구의 이야길 듣고 싶어서였다고, 그리고 함께할 수 있어 기뻤다고 말했다. 지난해 여름 이맘때, 낮부터 새벽까지 술을 퍼마시며 뭐가 그리 재밌었는지 웃던 우리와, 이 여름 지치고 공허하기만 한 우리가 퍽 다른 표정을 가졌다고 생각했다.

3

집에 돌아와 침대에 픽 쓰러졌다.

 음식물 쓰레기 냄새가 났지만 치울 힘이 없었다. 얼마 전 사람들이 집에 가서 먹으라 챙겨준 홈 샐러드 때문이었다. 며칠 전이었던 그날도 많은 호의와 챙김을, 홈 샐러드를 포함하여, 받았지만 집에 오는 길 울 것만 같았다. 썩은 내가 나는 쓰레기들은 그대로 둔 채로 씻으러 가며 우편물을 뜯었다. 압류 통지서였다. 겨우 이만 칠천 원을 안 냈고, 돌려받을 세금 겨우 육만 원을 압류한다는 통지서였다. 담배를 태우며 카카오톡 '선물함'을 열어 지금껏 쓰지 않은 기프티콘을 보낸 열한 명의 사람들을 떠올렸다. 바나나 우유 몇 개, 커피 여러 잔, 샌드위치 같은 것들을 보내온 사람들. 내가 기프티콘 때문에 카카오톡을 못 지우고 이걸 쓰지 못해 못 죽는다는, 그런 말을 몇 번 해서 보내온 것이었다.

4

씻고 누우니 그에게서 메시지가 왔다.

잘 자라고, 푹 자라고 하면서 '나는 오늘 참 힘든 하루였어요' 말했다. 어쩐지 마음이 슬퍼져 왜인지 물었다. 그에 대한 답은 없고 그저, '잘 자는 연습을 해요' 말했다.

힘들지 않게 해 주고 싶었는데, 어쩌면 그를 힘들게 하는 이유 중 하나가 되는 것 같아 미안해졌다. "네, 꼭 일찍 자고 내일 일찍 봐요" 말했다.

5

힘들지 않게 해 주고 싶었는데.

그러고 보면 오랜만에 만난 친구에게 내 한 달간의 이야길 하면서, 결국에 나는 좋아하는 사람과 '일만' 하는 걸 택했다 말했다. 친구는 머리를 부여

잡고 괴로워하며 "멍청아!" 말했다. 나도 내가 멍청하단 걸 알았다. 하지만 함께 일할 사람이 없어 오래 잡고 노력하던 일을 그만둔다는 말을 하는, 그리고 마침 필요한 인력이 내가 잘하는 일인데, 그 앞에서 "그러세요?" 혹은 "어쩌나" 하는 말을 하거나, 잘해 보려는 노력 같은 걸 할 수 없었다. 나는 멍청한 얼굴로, 재미있겠다며, "그럼 나도 같이할래!" 말할 수밖에 없었다.

여차여차 몇 사건들을 우물쭈물 대며 설명하니 친구는 이내 진지한 표정으로 '나라도 그랬을 것 같아' 말했다. 나는 "나는 해 줄 수 있는 게 많은데 또 해 줄 수 있는 게 이것밖에 없어" 말했다. 그 사람이 내가 늦는 일에도 스트레스를 받으니까, 꼭 일찍 가야지, 하며 잠들었다. 여전히 악취와 함께.

힘들지 않게 해 주고 싶었는데.

6

또 악취에 잠에 깨었다.

이렇게까지 썩은 내가 날 수 있나 싶었다. 여름이라 더 그런 것 같기도 했다. 악취와 만성 피로, 만성 우울 같은 생각을 하며 더 누워있다 보니 시간이 꽤 지났다. 허겁지겁 나갔으나 또 많이 늦었다. 그리고 또 종일 몸도 맘도 좋지 않았고, 옆에 앉은 그는 더 좋지 않아 보였다.

7

퇴근을 하고 충무로에 들렸다. 충무로까지는 지하철로 금방이지만 괜히 버스를 타고 멀리 내려 한참을 걸었다. 인쇄소 골목을 걸었지만 여전히 기분이 좋지 않아 태릉으로 가야겠다 생각했다. 언제나 태릉은 기분이 나아지는 곳이었다. 나와 비슷한 표정을 한 서점 사장님을 뵈었다. 그래도 맘이 조금 나아졌다.

8

따릉이를 타고 집에 돌아오면서, 중랑천을 건넜다. 중랑천을 그 동네 사람들은 좋아하지 않는다고들 하지만 나는 한강보다 중랑천이 좋았다. 건너는 길에 이곳 다리에서 밤 열두 시 반에 난간에서 떨어진 사람을 목격한 사람을 찾는다는 현수막을 봤다. 누가 여기서 뛰어내렸나보다, 하는 생각을 하고 더 건너다 누군가 떠올랐다.

9

그 누군가는 함께 폐쇄 병동에 있던 언니였다. 마지막으로 나에게 했던 말은 술을 마시자고, 친구가 함께 죽자 말했는데 사실 그러면 자신도 용기가 날 것 같다는 말이었다. 나는 다리를 반 넘게 건넜다가 다시 현수막으로 돌아갔다. 혹시나, 하는 맘이었지만 그 말을 하기 한참 전이었다. 집 근처에서 한 잔 정도야 할 수 있지만 연락하는 일도 겁이 났다. 겁이 난다, 누군가가 죽지 않을까 걱정하며 사는 일도 어렵다, 그리고 나를 항상 걱정하는 사람들도 어렵겠다, 하는 생각을 내내 하며 집까지 갔다.

10

집에는 여전히 악취 나는 홈 샐러드가 있었다. 집에 돌아와 홈 샐러드 먼저 버리고, 빨래를 돌렸다. 주문한 새 옷이 든 박스를 뜯었다. 남들이 원래 하는 것들을 조금씩 따라 해보고 있다.

실은 저도 알고 있어요.
당신이 제게 돌려주지 않은, 그 대답 분명 차가운 거절.
그러나 당신은 상냥하셔서, 저를 사랑하지 않으심에도 저를 염려하시지요.

홍성하 **시들지 않기 위해 피지 않을 것** 중

　　　　　잠에서 깨었다. 화장은 어제도 안 지우고 잠들었지만 다행히 숙취는 없다. 지난밤 충무로로 돌아가 본다. 길을 걸으며 가제본을 건넸고, 며칠 전 "무슨 글인데 그래요. 나쁜 얘기 적혀있는 거 아녜요" 하던 그는 가제본을 건네자 "어떤 책인지 알 것 같아요. 안 받아도 돼요. 알아서 해요." 말했다. 길가에서 택시를 잡으며 그의 어깨에 잠깐 기댔다. 그가 움직이지 않고 그러지 말란 말 없이 가만히 있어주어 고마웠다.

지난여름의 나는 몇 번이고 그를 '빛나는 눈을 가진 사람'이라 말하고 있었다. 지난밤 마주한 그의 텅 빈, 비었다고밖에는 말할 수 없는 눈동자가 나를 여전히 바라보고 있었다.

시작은 점심 시간 횡단보도에서였다. 그때에 나는 우연히 그의 손을 보게 되었는데, 언젠가의 그가 떠올랐다. 그 기억에 오후 시간을 빼앗겼다. 함께 일에 대해 이야기하며 맞추는 눈도 좁은 흡연 구역에서 함께 담배를 태우며 내가 물러날 공간이 없다는 사실도 키보드를 두드리는 그의 손도 모두 불편해졌다. 나는 괜히 눈을 내리깔고 종이에 끄적이며 대화를 이었다.

참 불행한 삶
참 불행한 삶
너는 나를 포기하게 만들잖아

오반 **불행(feat. 빈첸)** 중

이전에 낸, 〈F/25: 폐쇄 병동으로의 휴가〉라는 책에 관해 처음이자 마지막일 북토크에서 한 여자가 조심스레 손을 들고 물었다.

"책에 종종 등장하는 '그 사람'이요, 그 사람에 대해 말해주실 수 있나요? 실은 저도 비슷한 이유로 치료를 받을 만큼 많이 힘든 적이 있었거든요."

여자는 그렇게 말하며 조금 미소 지었다. 나는 그 미소가 조금 슬픔을 품고 있다고 생각했다. 나는 "그 이유가 컸던 게 보였나요, 부러 최소한으로만 말하려 했는데." 답했다.

분명 그런 책을 만들게 된 연유에는 그가 있었다. 하지만 나는 내 정신과적 문제가 그 사람에 대한 그리움이라고 말할 수는 없었다. 상태가 좋지 않았는데, 어쩌면 그 사람에 관한 일들이 그걸 증폭시켰을 것 같아요, 정도로 말할 수 있었다. 그 책에서도 사람들에게도, 의사나 상담사에게도 그 사람에 대해 이야기할 수는 없었다. 그저 오늘은 어떤 일이 있었고, 어떤 생각을 했는지, 내가 얼마나 그리워하고 행복해했는지 짧은 일기나 남길 뿐이었다. 그렇게 여름 냄새가 나던 때부터 그를 그리워하고 매일 술을 왕창 마시고, 병동까지 가게 되고, 만들게 된 책이었다. 어쩌면 나는 내 상태가 급격히 안 좋아지게 된 것이 그리움 때문이라 말하기 부끄러웠던 것 같다.

나는 질문을 받고 잠시 머뭇거리다, 그 병동에서의 두 주 동안 만난 서넛의 의사와 상담사가 정말로 무슨 일이나 사건이 없었냐, 무엇이든 말해보라 했을 때를 떠올렸다. 병원에 갇혀 마지막으로 주치의에게 "이런 것도 이유가 될 수 있을지는 모르겠는데요" 하고 털어놓았던 말 이후 시큰둥할 줄 알았던 의사는 이렇게 말했다.

"어떤 일이든 남들에겐 별일 아니더라도 자신에게 훨씬 더 큰 충격으로 다가올 수 있는 거예요. 그게 지금 힘들어진 전부는 아닐지라도 시작점이 될 수도 있는 거고요."

영우가 날 좋아하지 않는다고 말했을 때, 그건 오직 한 사람이 날 거부했지만 나는 세상 모든 사람으로부터 거절당한 기분이 들었다. 왜 그건 잘 구별이 되지 않을까. 그 마음이 나를 괴물로 만든다는 것을 알면서도 왜 애써 구별하지 않았을까.

김봉곤 **여름, 스피드** 중

장마철이 지나고, 한동안 오랜 가뭄이 왔다. 비라는 존재를 잊은 듯 바짝 마르는 여름이었다. 나는 그 가뭄 속에서 애써 그를 미워하려 노력했다. 비가 오지 않는 날들에야 그를 떠올릴 겨를이 없었다. 태풍이 온다는 뉴스를 접한 후에야 우산을 준비한다. 간만의 폭우 속에서 오갈 데 없다.

비가 내리다 말다
하늘도 우울한가봐
비가 그치고나면
이번엔 내가 울 것만 같아

폴킴 **비** 중

시작은 종로에서 술에 가득 취해 "아직도 좋아해요" 말해버린 아침 무렵이었다. 마지막은 광화문 한복판 그의 뒷모습에 "항상 잘못은 나만 하고" 엉엉 울며 말한 저녁이었다.

그사이 얼마간 내가 얼마나 마음 졸였는지, 이야기하며 눈 둘 곳 없어 어색해했는지, 행복까지는 아니더라도 덜 힘들게 해주고 싶다는 마음을 가졌는지, 내가 조금이라도 도울 일 있어 행복했는지, 즐겁다는 고맙다는 말이 얼마나 좋았는지, 힘들다는 말이 내게 얼마나 더 힘들게 다가왔는지, 그를 볼 수 없는 주말이 얼마나 길었는지, 함께 먹은 김

밥천국 떡볶이가 얼마나 맛있었는지, 얼마나 많은 말들을 결국에야 하지 못했는지.

아마도 그는 모를 것이다. 알 이유도 필요도 없을 것이다.

네가 뱉었던 모진 말보다
너의 미소가 너의 온기가 내 안에

정준일 **Hell O** 중

'저는 꽤 많이 힘들었어요'
메시지를 보냈다.

이젠 나를 미워하지 않아도 되고
더는 걱정해야 할 일도 없고
매일 슬퍼해야 할 일 없으니

에피톤 프로젝트 **미움(vocal. 손주희)** 중

택시 라디오에선 사십오 년만에 장마가
가장 일찍 끝났다는 사실을 전했다.

에필로그

1

　　　지난여름 "나는 담배를 꼬나물고 난간에 앉았다." 하는 문장으로 시작하는 나름대로 긴 글을 한 편 쓴 적 있다. 해방촌 오거리 문을 닫은 가게 옆 난간에 걸터앉아 책을 읽으며 누군가를 기다렸던 이야기이다. '나도 이제 행복해져도 될까'라는 대사가 적혀있던 만화 독립출판물이었다. 한없이 잘해주는 남자와 받아들일 준비가 되지 않는 여자. 꽤 많은 분량에도 별사건도 대사도 없는 만화였다. 하지만 그 표정들에서 고민과 감정이 잘 나타나 있다. 그 대사를 인용해 내가 썼던 글은 처음부터 끝까지 좋아하는 사람 앞에서 우물쭈물하는 내 맘속 이야기가 전부였다.

2

 그 글을 쓴 건 그와 어색하게 맥주 한 잔을 마시고 해방촌에서 집으로 돌아가던 택시 안. 짧게 안녕, 인사하고 탄 택시에서 쓰이는 대로 쓴 일기였다.

 이 책의 주인공이었다. 여름 이후로 그와 연락을 하지는 않았다.

3

 그해 말, '언리미티드 에디션'에 참여하게 되었다. 친구에게 부스를 맡기고 다른 부스를 돌아보다 그 만화가를 만날 수 있었다. 2층 한구석에 나와 나이가 같은, 앳된 얼굴의 작가가 부스에 앉아 있었다. 나는 그녀에게 "이런 글을 쓴 적이 있는데, 앞뒤로 쓰인, '나도 이제 행복해져드 될까' 하는 구절이 〈우리 이제〉 책이었다" 말했다. 작가는 기뻐하며 사람들이 빠져갈 무렵 내 부스로 와 책을 사 갔다. 왜 그냥 주지 않았나 조금 후회했다.

4

그해 여름이 지나고 '책바'에서 '술과 책'을 주제로 〈우리가 술을 마시며 쓴 글〉에 담길 글을 공모한다는 소식을 들었다. 나는 술에 조금 취한 채 썼던, 서점에서 있었던 그 글을 〈여름밤〉이라는 제목으로 투고하여 '골든 드링커'가 되었다. 상품으로 무려 발렌타인 17년 산 한 병을 받았다.

그 술을 집에서 홀짝홀짝 혼자 마시고 싶진 않아 동네에서 파티를 열기로 했다. 그 파티에는 당시 만나고 있던 사람과 함께였다. 그날 무엇이 그리 즐거웠는지 그 사람과 골목 가로등 아래서 킥킥대며 담배를 태운 일이 기억 난다.

그로부터 며칠 뒤, 그와 이자카야에서 함께 술을 마실 때였다. 그는 들리는 '볼빨간 사춘기'의 노래가 슬프다고 했다. 〈나만 안되는 연애〉라는 곡이었다. 그는 그 곡이 너무 슬퍼서 가끔은 울 것만 같다고 했다. 왜인지 물었더니 가사가 슬픈 게 아니라, 이제 더는 그런 순수하게 좋아하는 맘을 가질 수가 없을 것만 같아서라 말했다. 나는 좋아하는 맘 없던 그를 그제서야 좋아할 수도 있지 않을까 생각했다.

나는, "나도 좀 그런 것 같아" 답했다. 우리의 대화는 꽤 심각해져, 그는 내게 다시 물었다.

"마지막으로 순수하게 누군가를 좋아한 적이 언제였어?"

그리고 함께 집에 돌아가 책 한 권을 꺼내 펼쳐 보여주었다. 〈우리가 술을 마시며 쓴 글〉에 담겼던 〈여름밤〉이었다. 그에게 그날 마신 술은 이 글 덕이었다 말했다. 그는 글을 쭉 읽다 "언제 쓴 글이야?" 물었다. 지난여름이라 답하니, "얼마 안 지났네" 답했을 뿐이다.

좋아하는 사람을 떠올리며 쓴 글, 그 글이 만든 술을 좋아하지는 않았던 사람과 마시고 함께 읽었다.

5

그를 다시 만나게 된 건 지난 크리스마스 즈음이었다. 그 여름 이후 처음이었다. 매번 함께 술을 마시던 셋이서 함께 술을 마시기로 했다. 나는 그 약속이 있기 며칠 전부터 그래도 만나는 사람이 있어 다행이라고 생각했다. 만약 지난여름 내가 그를 좋아했던 이야길 꺼낸다면 뾰로통한 얼굴을 짓고 "저도 이제 만나는 사람 있어요" 말할 요량이었다. 결국 술만 연거푸 마시다 두어 시간만에 취해 택시를 타고 집에 돌아갔다.

6

    지난겨울에는 동네 근처로 이사온 그와 종종 술을 마시곤 했다. 겨울에 다시 만난 그의 눈은 더이상 빛나지 않았고 그는 내게 우울에 대해 이야기했다. 겨울, 우리의 이야기는 항상 어두웠지만 여름과 마찬가지로 새벽까지 술을 가득 마시고 웃었다. 그에게 다른 맘은 없었다. 그저 함께 술을 마시는 일이 즐거웠다. 다시 여름 냄새가 나기 전까지는.

7

그래서, 썼던 그 글을 글의 주인공이 직접 읽게 된 건, 여름 냄새가 나기 시작한 종로에서였다. 그는 허허 웃으며 "내 코가 동그래요?" 하는 감상만을 내어 놓았는데, "여전히 좋아해요" 말했다.

진심이었다.

8

쭉 읽어보니 내가 쓴 글에는 사랑이란 단어가 한 번도 들어있지 않았다. 사랑이란 단어는 왜 그리 낯간지러운 걸까. 그러고 보면 그런 맘이, 사랑하는 것일지 모른다는 생각이 들 때마다 매번 사랑한다는 말 대신 보고 싶다는 말을 했다. 그에게 좋은 기억만 남은 건 아니지만.

두 장마철에 쓴 일기들을 모았다. 내용은 주로 시간 순의 짧은 글들이라 맥락이 없어 보일 수 있다. 편집을 더 가미할까 생각했지만, 오락가락하는 마음의 변화가 더 솔직하다 생각해 맥락없이 짧은 글들을 시간순으로 배치했다.

9

실제로 있는 누군가의 이야길 이렇게 써도 되느냐 묻는다면.

이 책의 초안이라고 볼 수 있는 작은 가제본은 그가 가지고 있다. 나는 여러 번 그에게 "이런 책을 만들 건데, 그래도 되나요?" 물었다. 지금껏 여러 책을 만들어왔지만 누군가 한 사람을 위해 만들고 싶었던 책은 처음이었다. 책 앞머리에 '누구에게'라는 후회할 지도 모를 말을 쓴다거나, 단 한 권을 만들어도 좋을 일이었다.

그가 내게 언젠가 이야기했고 그래서 내가 질

투했던 다른 사람들의 이야기처럼 언젠가 그가 나에 대해 기억할 때, "책을 만들던 어떤 친구가 나 한 사람에 대한 책을 만들었어" 말할 수 있다면 좋겠다고 생각했다.

하지만 한 권의 책이 되기엔 써둔 일기를 긁어모은대도 분량이 적기도 했고, 그와의 관계가 좋지 않아져 미뤄둔 일이었다.

그러던 중, '스토리지북앤필름'의 마 사장님과 시리즈에 대한 이야기를 나누게 되었다. 처음엔 편집만 맡고자 뵙게된 것이었는데, 처음 글을 쓰기로 했던 사람이 글을 완성하기 어렵겠다 말했다 한다. 텀블벅 기획전에 참여하기로는 했으나 원고가 없는 상황이었다. 그러다 마침, 이전에 스토리지북앤필름의 이야기를 담은 바캉스를 개정판으로 내기로 하고, 그날 책방에 들렀다 간 〈계간홀로〉의 짐송 님이 책을 만드는 이야기를 쓰기로 했다고 들었다. 나는 조심스레 "저도 써둔 원고가 있긴 한데," 말했고, 이 책이 되었다.

10

이 글들을 모으는 일은 내게 심적으로 꽤 힘든 작업이었다. 지난여름 내내 써 온 일기들 속 내 모습을 보며 꽤 이질감을 느끼기도 했다. 미래의 내가 이 작업을 후회할 지도 모를 거란 생각을 하기도 했다. 또, 이런 보잘것없는 기록을 누군가에게 보여주는 일과 돈을 받고 책을 파는 일에 죄책감을 느끼기도 했다.

어쩌면 처음으로 만든 이기적인 책이다. 단지 나를 보여주고자, 기록하고자 만들었기 때문이다. 어떻게 읽힐 지는 알 수가 없다. 아마 여기까지 백 몇 페이지를 읽어내고 "이게 뭐야" 생각할 누군가가 있을지도 모르겠다.

〈여름밤, 비 냄새〉라는 제목을 떠올린 지는 꽤 지났다. 여름 냄새가 불어오던 때부터였으니까 말이다. 편집을 하는 지금에는 아침저녁이면 가을바람이 불어온다. 이 책에 등장하는 책을 함께 읽고 음악을 함께 들으며, 누군가를 함께 떠올리고 그리워할 수 있으면 하는 바람을 가지고 마친다.

이 책에 등장하는 책과 음악들

홍재목 **여름밤** 음악
기명희 **이 바람을 얼마나 그리워했던가** 산문(절판)
최은영 **내게 무해한 사람** 소설
김현식 **비처럼 음악처럼** 음악
임나운 **우리 이제** 만화

짙은 **곁에** 음악
김연수 **사월의 미, 칠월의 솔** 소설
김광석 **외사랑** 음악
김연수 **사랑이라니, 선영아** 소설
박원 **나를 좋아하지 않는 그대에게** 음악

이적 **비포 선라이즈(duet with 정인)** 음악
HONNE **warm on a cold night** 음악
새소년 **긴 꿈** 음악
10cm **스토커** 음악
이소라 **나를 사랑하지 않는 그대에게** 음악

넬 **Afterglow** 음악
김금희 **너무 한낮의 연애** 소설
카더가든 **Beyond** 음악
이상 **이런 시** 시
박준 **운다고 달라지는 일은 아무것도 없겠지만** 산문

선우정아 **구애** 음악
짙은 **MOON** 음악
정세랑 **피프티 피플** 소설
정준일 **안아줘** 음악
홍성하 **시들지 않기 위해 피지 않을 것** 산문

오반 **불행(feat. 빈첸)** 음악
김봉곤 **여름, 스피드** 소설
폴킴 **비** 음악
정준일 **Hell O** 음악
에피톤 프로젝트 **미움(vocal. 손주희)** 음악

뜨거운 여름밤은 가고
남은 건 볼 품 없지만
또다시 찾아오는 누군갈 위해서
남겨두겠소
그리운 그 마음 그대로
영원히 담아둘거야

잔나비 **뜨거운 여름밤은 가고 남은 건 볼품 없지만** 중

글쓴이 **김현경**

보이지 않는 것을 보이게 하는 작업을 합니다.
warm gray and blue라는 이름을 달고 책을 만들고 있습니다.
우울증 수기집 <아무것도 할 수 있는>을 엮은 것을 시작으로,
<오롯이, 혼자>, <폐쇄병동으로으 휴가>, <오늘밤만 나랑 있자>,
<어쩌다 우리가 만나서 어쩌다 이런 사랑을 하고> 등을 썼습니다.

@ vanessahkim

여름밤, 비 냄새
STORAGE BOOK & FILM series #3

글 **김현경**

편집 **오종길, 김현경**
디자인 **김현경**

펴낸곳 **STORAGE BOOK AND FILM**
홈페이지 **storagebookandfilm.com**
이메일 **hbcstorage@gmail.com**

SNS / instagram **@storagebookandfilm**

초판 1쇄 펴냄 **2018년 9월 17일**
초판 7쇄 펴냄 **2025년 8월 20일**

*이 책의 내용의 전부 또는 일부를 재사용하려면
펴낸곳을 통한 저작자의 동의를 받아야 합니다.